Jean de Brunhoff

het verhaal van

BABAR

het olifantje

Lemniscaat 8 De Soto

In de Lemniscaat/De Soto-reeks worden klassieke prentenboeken uitgegeven
die behouden moeten blijven om hun charme en oorspronkelijkheid.
Ze verdienen een vaste plek op iedere (kinder)boekenplank.

Vijfde druk, 2004
Vertaling: Els van Delden
Nederlandse rechten Lemniscaat b.v. Rotterdam 2001
ISBN 90 5637 359 5
Copyright © 1939 by Librairie Hachette, Paris, all rights reserved
Oorspronkelijke titel: *L'histoire de Babar le petit éléphant* (Jardin des modes, Parijs, 1931).
Gedrukt in Frankrijk

In het grote bos is een klein olifantje geboren.
Hij heet Babar.
Zijn moeder houdt veel van hem.
Ze wiegt hem met haar slurf in slaap en zingt
een slaapliedje.

Babar is groot geworden. Hij speelt nu
met de andere jonge olifantjes.

Iedereen vindt hem aardig. Het olifantje dat.
met een schelp in het zand graaft, dat is 'm.

Vrolijk op de rug van zijn moeder maakt
Babar een wandeling door het bos.
Maar achter een bosje zit een jager
verborgen, die op ze schiet.

De jager heeft de moeder van Babar doodgeschoten.
Het aapje verstopt zich, de vogels vliegen weg.
Babar huilt. Dan komt de jager aanhollen om
arme Babar te vangen.

Babar vlucht, want hij is bang voor de jager. Een paar dagen later komt hij doodmoe aan bij een stad.

Babar kijkt zijn ogen uit. Zoveel
huizen bij elkaar heeft hij nog
nooit gezien.

Wat is alles hier anders! Wat een prachtige, brede
straten! En dan die auto's en bussen!
Maar het meest bewondert Babar de twee meneren
die hij op straat tegenkomt. Hij denkt: Die hebben
nog eens mooie kleren aan. Zo'n pak zou ik ook wel
willen hebben. Maar hoe kom ik daaraan?

Gelukkig ziet een rijke oude dame hem.
Ze houdt erg van kleine olifantjes en ze snapt
meteen dat hij graag een mooi pak wil.
Omdat ze iemand graag een plezier doet,
geeft ze hem haar portemonnee.
'Dank u wel, mevrouw,' zegt Babar.

Zonder nog een minuut te verliezen gaat Babar
naar het warenhuis. Hij neemt de lift. Hij vindt
het zó leuk om omhoog en omlaag te gaan in
dat gekke hokje, dat hij tien keer helemaal naar
boven en tien keer helemaal naar beneden gaat.
Als hij nog een keer wil, zegt de liftjongen:
'Dit is geen speelgoed, meneer olifant. Nu moet
u uitstappen en gaan kopen wat u hebben wilt.
Kijk, daar komt de chef al aan.'

Dan koopt Babar:

Een overhemd met boord en das,

een pak in een prachtige kleur groen,

daarna een mooie bolhoed,

en tenslotte schoenen met slobkousen.

Heel tevreden met zijn nieuwe
kleren en blij omdat hij er
zo netjes uitziet, gaat Babar
naar de fotograaf.

En dit is zijn foto.

's Avonds gaat Babar bij zijn vriendin, de oude dame, eten. Zij vindt hem heel deftig in zijn nieuwe pak. Na het eten valt hij moe in slaap.

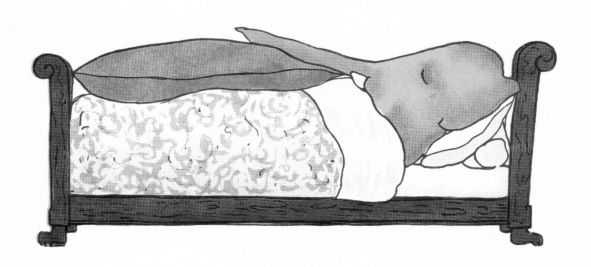

Babar woont nu bij de oude dame.
's Ochtends doet hij gymnastiek met haar;
daarna gaat hij in bad.

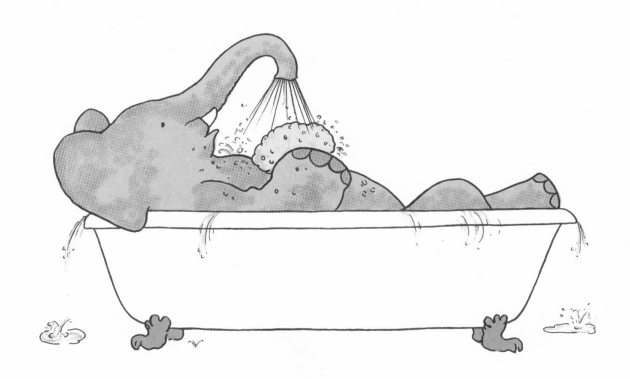

Elke dag maakt hij een ritje in de auto die
de oude dame voor hem heeft gekocht.
Ze geeft hem alles wat hij hebben wil.

Een knappe professor geeft hem les. Babar let goed
op en geeft de juiste antwoorden. Hij leert snel.

's Avonds na het eten vertelt hij de vrienden van de oude dame over zijn leven in het grote bos.

Maar toch is Babar niet helemaal gelukkig. Hij mist zijn neefjes en zijn vrienden in het grote bos. Vaak staat hij bij het raam te dromen van toen hij klein was. En als hij aan zijn moeder denkt moet hij huilen.

Er zijn twee jaren voorbijgegaan. Als Babar op
een dag aan het wandelen is, komen er twee
blote olifantjes op hem af rennen.
'Maar dat zijn Arthur en Céleste, mijn neefje
en nichtje,' zegt hij stomverbaasd tegen de
oude dame.

Babar omhelst Arthur en Céleste. Daarna gaat hij mooie kleren voor ze kopen.

Hij neemt ze ook mee naar de banketbakker
om lekkere taartjes te eten.

Intussen zijn de olifanten in het grote bos op zoek naar Arthur en Céleste. Ze roepen overal. Hun moeders zijn erg ongerust.

Gelukkig heeft een oude maraboe ze gezien, toen hij over de stad vloog. Gauw gaat hij de olifanten waarschuwen.

De moeders van Arthur en Céleste zijn naar de stad gekomen om ze op te halen. Ze zijn blij dat ze hun kinderen gevonden hebben, maar ze zijn ook een beetje boos omdat ze zomaar weggelopen zijn.

Babar besluit om met Arthur en Céleste en hun
moeders mee terug te gaan naar het grote bos.
Samen met de oude dame pakt hij zijn koffer.

Alles is klaar voor het vertrek. Babar omhelst zijn
oude vriendin. En als hij het niet zo verdrietig vond
om haar achter te laten, zou hij volmaakt gelukkig
vertrokken zijn. Hij belooft terug te komen.
Hij zal haar nooit vergeten.

Daar gaan ze...
Voor de moeders is er
geen plaats meer in de
auto, dus zij rennen
erachteraan.
Ze steken hun slurf in
de lucht om geen stof
binnen te krijgen.
De oude dame blijft alleen achter.
Treurig denkt zij: Wanneer zal ik
mijn kleine Babar weer terugzien?

O jee! Diezelfde dag heeft de koning van de olifanten
een verkeerde paddestoel gegeten.

Door het gif werd hij erg ziek. Zo ziek,
dat hij doodging. Wat verschrikkelijk!

Na de begrafenis komen de oudste olifanten
bij elkaar om een nieuwe koning te kiezen.

Net op dat moment horen ze lawaai. Ze draaien zich
om en wat zien ze? Babar, die in zijn auto komt
aanrijden! Alle olifanten rennen erop af en ze roepen:
'Daar zijn ze! Ze zijn terug!
Dag Babar! Dag Arthur! Dag Céleste!
Wat een mooie kleren!
Wat een mooie auto!'

Dan zegt Cornelius, de oudste olifant, met zijn bibberstem: 'Beste vrienden, wij zoeken een koning. Waarom kiezen we Babar niet?
Hij heeft in de stad gewoond, hij heeft veel geleerd bij de mensen. Laten we hem tot koning kronen.'
Alle olifanten vinden dat Cornelius wijze woorden gesproken heeft. Ongeduldig wachten ze op het antwoord van Babar.
'Ik dank jullie allemaal,' zegt die. 'Maar voordat ik ja zeg, moet ik jullie eerst vertellen dat Céleste en ik ons onderweg in de auto verloofd hebben. Als ik jullie koning word, wordt zij jullie koningin.'
'Lang leve koningin Céleste, lang leve koning Babar,' roepen alle olifanten zonder aarzelen.
En zo wordt Babar koning.

Babar zegt tegen Cornelius: 'Jij hebt goeie ideeën,
dus jou benoem ik tot generaal. En als ik straks
mijn kroon heb, krijg jij mijn hoed. Over een week
trouw ik met Céleste. Dan houden we een groot
feest – voor de bruiloft en voor de kroning.'
Babar vraagt aan de vogels of zij alle dieren willen
uitnodigen.

De dromedaris geeft hij opdracht trouwkleren te kopen in de stad.

De gasten beginnen te komen. De dromedaris komt
net op tijd terug met de kleren voor de bruiloft.

Na de trouwerij en de kroning danst iedereen naar hartelust.

Het feest is afgelopen, het is nacht geworden en de sterren staan aan de hemel. Koning Babar en koningin Céleste kijken er dromerig naar.
Ze zijn gelukkig.

Alles slaapt nu. De gasten zijn naar huis, tevreden maar moe van al het dansen. Ze zullen nog lang aan het grote bal terugdenken.

In een prachtige gele ballon gaan koning Babar
en koningin Céleste op huwelijksreis,
nieuwe avonturen tegemoet.

EINDE

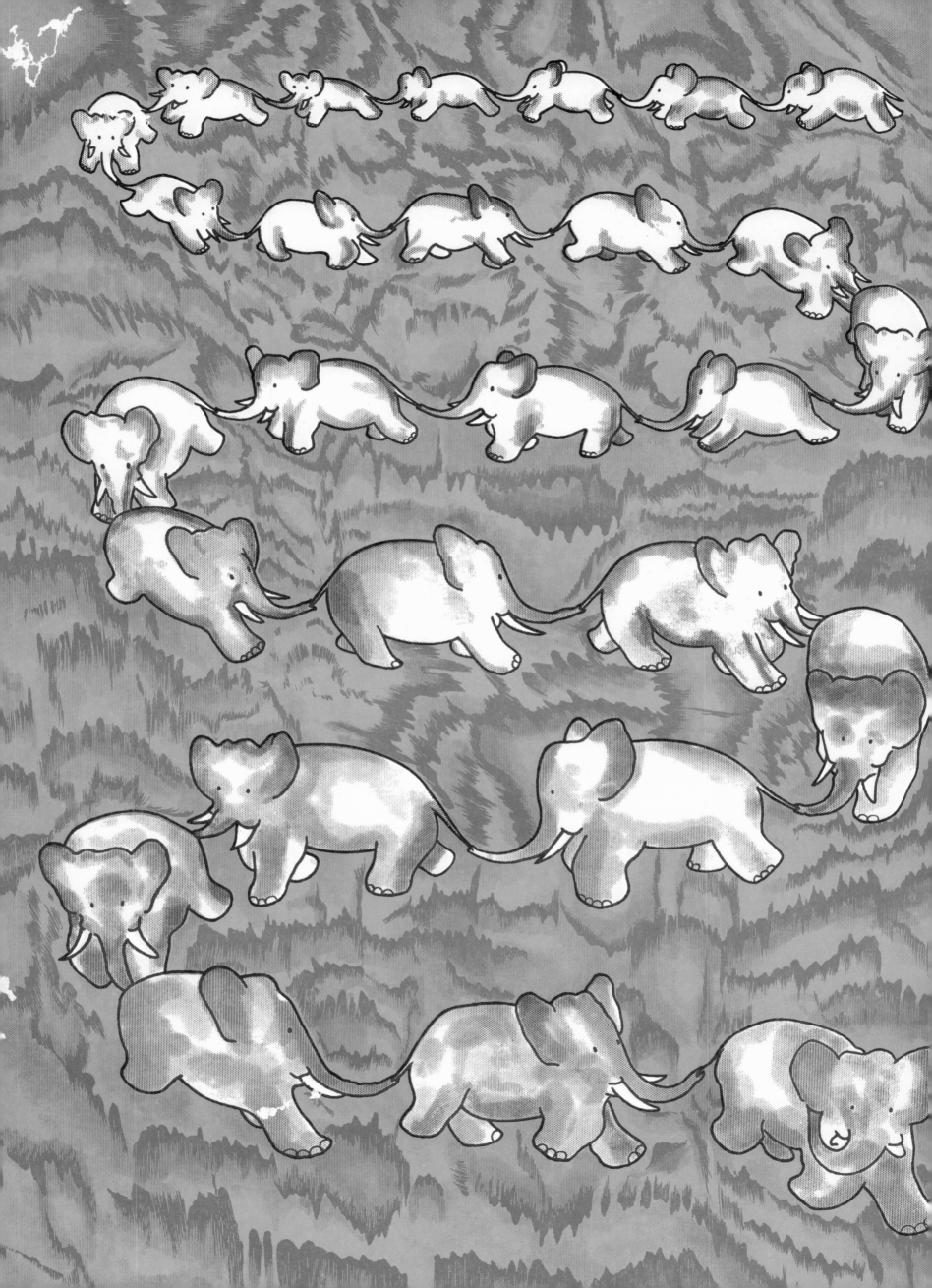